Omar Tavola

Anno 2000: Dio viaggia in metropolitana

Youcanprint *Self-Publishing*

Titolo | Anno 2000: Dio viaggia in metropolitana
Autore | Omar Tavola
ISBN | 978-88-27863-38-1

Youcanprint *Self-Publishing*
Via Marco Biagi 6 - 73100 Lecce
www.youcanprint.it
info@youcanprint.it

Presentazione

Il Signore è sempre vicino a noi, il fatto è che a volte ci si dimentica, perché siamo troppo presi dalla frenesia della vita e non possiamo e vogliamo riflettere.

Ora vi propongo due interrogativi su cui riflettere: Dio è sempre con noi che siamo i suoi figli, può un padre abbandonare le sue creature? Come possiamo allora pensare che Dio abbandoni noi, i suoi Figli che tanto ama?

Ricordiamoci che Dio è un Padre e allo stesso tempo è Madre.

Prologo

La nostra storia inizia qui......

Quando Dio venne a sapere tramite i Suoi servizi di sicurezza che nel giro di sette giorni in città a Roma c'erano stati troppi eventi negativi pensò che la situazione cominciava a diventare seria e decise di fare una scappatina per rendersi conto personalmente di come andavano le cose. Accese whatsapp e lasciò un messaggio per il Suo fedele Arcangelo Gabriele che gli rendeva tanti servizi in paradiso: «Vado a fare un viaggetto, non preoccupatevi durante la mia assenza, sbrigatela tu!». Quando Gabriele trovò il messaggio Dio era partito; Gabriele scosse la testa e si disse che a volte Dio aveva proprio delle idee originali e si permetteva delle strane assenze. "Speriamo che non gli succeda niente - disse fra sé - se non dovesse tornare, sarebbe un bel guaio!" E per l'ennesima volta si preparò con filosofia a fare le Sue veci.

Capitolo 1

Dio era arrivato sul marciapiede senza difficoltà. Bisogna dire che non era molto ingombrante poi, aveva un enorme vantaggio su tutti quelli che, quel venerdì mattina, si affrettavano per arrivare all'ora giusta in ufficio, in fabbrica o in cantiere.

Lui non aveva orari. Nessun capo gli avrebbe dato una lavata di testa perché non era puntuale. Non gli avrebbero trattenuto un'ora di salario per dieci minuti di ritardo. E poi nessuno gli badava, perché non basta avere gli occhi per riconoscerlo.

Senza farsi notare, si era confuso tra la folla del mattino. Era meglio così, dal momento che viaggiava senza biglietto. Nella fretta di ritrovarsi fra gli uomini, era partito senza un soldo. Per fortuna, mentre si avvicinava al tornello dove si timbrano i biglietti vide una giovane donna che sicuramente da settimane faceva colazione soltanto con una pesca, per mantenere la linea. Grazie a lei e alla pesca non ebbe difficoltà a passare con lei fra le braccia del tornello. Dio sorrise pensando che una pesca e una giovane donna gli avevano permesso di entrare gratuitamente nella metropolitana. Si era comportato da parassita, d'accordo, però era stato onesto. Non aveva forse detto: «Ritornerò come un ladro»? Arrivò un convoglio di color rosso rubino, fischiando sulle rotaie lucenti, e in pochi secondi inghiottì la folla ammassata sul marciapiede. C'era una ressa incredibile, la ressa del mattino che i cittadini conoscono bene. Dio salì in seconda classe. Non perché era senza biglietto, ma a causa di ciò che aveva affermato un giorno a proposito di quelli che scelgono i posti migliori e si trovano sistemati peggio di tutti gli altri. Era in piedi tra una giovane impiegata che leggeva una rivista e un commesso di banca che divorava l'ultimo giallo della serie nera. Il convoglio si avviò, stracarico; quelli che erano rimasti sul marciapiede per mancanza di posto protestavano, fu una partenza brusca, così brusca che la giovane impiegata si ritrovò in pieno intrigo poliziesco e il commesso di banca alla pagina 12 di "Grazia", col naso sull'oroscopo del mese. Si era tanto stretti che era impossibile muoversi.

Dio si disse che, in confronto, le sardine in scatola erano molto fortunate. Il commesso di banca era talmente immerso nella lettura che rischiò di non accorgersi della sua fermata. Ma Dio era vicino a lui: gli fece un cenno discreto e l'uomo scese in fretta dopo aver chiuso a malincuore il libro che aveva cominciato.

Per conoscere il seguito avrebbe dovuto aspettare fino a sera. Nel frattempo, per tutta la giornata, avrebbe allineato cifre, interminabili colonne di cifre al terminale di un computer. "Che peccato" pensò Dio, ma c'era la realtà che non ammette evasioni, soprattutto quando si tratta di cifre e di bilanci.

Alla stazione successiva anche la giovane commessa chiuse la sua rivista con un sospiro di rammarico perché il romanzo a puntate che aveva iniziato a leggere cominciava ad appassionarla. Aveva letto con attenzione il suo oroscopo, ma questo non diceva che la realtà della sua vita sarebbe diventata ben presto più appassionante del romanzo; Dio lo sapeva che Giorgio, il ragazzo con cui lei usciva da qualche settimana, quella sera le avrebbe detto che l'amava. Per il momento era ancora un segreto e Dio ha il più grande rispetto per i segreti, specialmente quando si tratta dei segreti del cuore.

Erano le nove. Il capolinea non era lontano e la vettura cominciava ad essere meno affollata. Ci si poteva anche sedere, e Dio si sedette. Alla sua destra - cosa che non capita tutti i giorni - era seduta una donna con qualche chilo di troppo, che occupava parecchio posto. Con delicatezza, Dio si strinse un po' perché la donna stesse più comoda, dopotutto, nessuno può scegliere il proprio corpo: bisogna adattarsi a quello che si ha, non si può sempre farne ciò che si vuole. E poi agli occhi di Dio le persone malridotte dagli incidenti sul lavoro e dalle disgrazie della vita hanno la stessa dignità delle più incantevoli fra le sue creature.

Per questo Egli dona a tutti la stessa grazia e la stessa tenerezza. La donna seduta vicino a Lui sembrava triste e ne aveva ben motivo: andava al funerale del suo figlio, che la stupidità di un pirata della strada aveva condannato a morte nel pieno vigore degli anni. Era successo tre giorni prima, a uno svincolo della tangenziale. In segreto, come fa sempre, Dio consolò la donna, le sussurrò che suo figlio a cui teneva tanto non se n'era andato per sempre, le disse che era vivo, che in paradiso si prendevano cura di lui e che un giorno sarebbero stati di nuovo insieme, perché l'amore è più forte della morte. Due fermate dopo la donna scese, sembrava meno triste ed era più forte moralmente. "Ce la farà" si disse Dio, che aveva esperienza di queste cose; ha intravisto una luce nel profondo della sua notte, solo la speranza fa vivere.

Dio diede un'occhiata alla pianta della metropolitana e decise di scendere alla fermata successiva per prendere la coincidenza. Dio ama le coincidenze, soprattutto quando si tratta di afferrare al volo l'occasione per un incontro nel segreto di un cuore. Nella metropolitana, nonostante tutti i progressi della tecnica, la gente a volte perde la coincidenza e questo la mette di cattivo umore. Ma con Dio non può succedere: Lui è sempre puntuale, sempre presente a tutti gli angoli della vita. Basta interessarsi un po' agli altri per incontrarlo e camminare con Lui come fecero i discepoli sulla strada di Emmaus.

Capitolo 2

Erano ormai le nove e mezza. Dio scese dalla vettura e vedendo una fila di sedili lungo il marciapiede si mise a sedere. Era un sedile moderno di plastica, comodo e ben studiato, come oggi se ne vedono un po' dovunque sui marciapiedi delle stazioni. Chi l'aveva disegnato sapeva fare il suo lavoro: era un bravo operaio come un certo Gesù che una volta faceva il carpentiere a Nazaret, in Galilea.

Sebbene ci fossero una buona dozzina di sedili allineati l'uno accanto all'altro, una giovane donna andò a sedersi proprio vicino a Dio. Era elegante e forse un po' troppo profumata. Dio non mosse ciglio. Di donne come lei ne aveva incontrate tante, in passato, in Galilea e in Giudea. E il paradiso ne era pieno. Ai posti migliori.

Eppure, allora come oggi, non godevano di una buona reputazione, era sempre uno scandalo ogni volta che una di loro si sedeva ai suoi piedi mentre lui annunciava la buona novella! Nello specchietto che aveva tirato fuori dalla borsetta per aggiustarsi il trucco la donna incontrò lo sguardo del suo vicino; ne fu sconvolta.

Quello non era il solito «cliente», sembrava leggerle dentro come in un libro aperto eppure, a differenza di tanti altri, non la disprezzava affatto, anzi!

La donna ripose il portacipria, scambiò con Dio un'altra

occhiata per avere conferma di ciò che aveva visto nei suoi occhi e, con un sorriso che era un ringraziamento umile e riconoscente, si alzò e si allontanò. Poco dopo, un'altra donna andò a sedersi vicino a Dio, c'era con lei un bambino che non stava fermo, come tutti i bambini. Voleva una moneta per azionare un distributore automatico di caramelle. La madre disse no, alla fine cedette e gli diede la moneta. Quello che vedeva era una conferma di ciò che sapeva da tanto tempo: chi chiede riceve, chi cerca trova e chi bussa con insistenza finisce per vedersi aprire la porta. Ancora una volta Dio ammirò la saggezza dei bambini, quei bambini che gli apostoli, certe volte, trovavano così fastidiosi con la loro mania di chiedere sempre a quel gruppo che andava di paese in paese annunciando a tutti la buona novella. Dopo due minuti il bambino tornò con una manciata di caramelle. Si avvicinò a Dio e lo guardò dritto negli occhi, "Lo so chi sei - gli disse - sei simpatico, più che nel mio catechismo. Vuoi una caramella?". "I bambini sono tutti uguali" si disse Dio, indovinano subito chi sono e vogliono sempre dividere con me tutte le loro cose. Avevo proprio ragione quando ho detto che bisogna essere come loro per entrare nel regno dei cieli.

Capitolo 3

Dio si infilò in un lungo corridoio che non finiva mai. Salì su una scala mobile, nel frattempo ammirò l'ingegnosità delle tecniche moderne che permettono agli uomini di risparmiare fatica. Poi guardò senza parole un muro con un enorme manifesto che ricordava ai viaggiatori che ci sono nel mondo miliardi di bambini sfruttati, si chiese come mai non cerchiamo di combattere le innumerevoli miserie dell'umanità, con lo stesso impegno con cui provvediamo al nostro benessere.

All'inizio del mondo, quando Dio l'aveva creata per la felicità di Adamo, Eva era nuda; a giudicare dai vestiti che gli stilisti moderni proponevano alle donne, si sarebbe detto che la stoffa fosse ancora una cosa rara come all'inizio del mondo; in confronto, Dio trovò che la tunica di pelle che aveva confezionato per Eva dopo la triste storia della mela era decisamente grande anche se non arrivava al ginocchio. Erano le undici, vicino a dove era seduto Dio aveva preso posto un uomo. Era un giovane funzionario che si preparava a un concorso e studiava coscienziosamente un manuale di informatica, cercando di non confondere le sottigliezze del sistema operativo con i segreti di altri linguaggi di programmazione. Dio, che faceva già fatica a capire il latino quando si rivolgevano a Lui in quella lingua, diede un'occhiata discreta al manuale del vicino, pensò per un momento che un buon computer gli avrebbe facilitato il lavoro quando si era trattato di creare il mondo.

Tutto sommato, però, non se l'era cavata neanche male con i mezzi di cui disponeva: il cielo, la terra, le stelle nel loro insieme funzionavano bene; non era colpa sua se l'uomo, cercando di imitarlo, sbagliava rischiando di far saltare il pianeta. Il suo progetto, in partenza, era buono e persino molto buono, il suo linguaggio era umano, caldo, aperto a tutte le espressioni della fraternità. Dio era felicissimo tutte le volte che veniva a sapere che gli uomini, aggiungendo l'intelligenza artificiale a quella che egli aveva dato loro, erano riusciti a sconfiggere un pericolo, una malattia, o a inventare delle macchine o delle tecniche capaci di portare un po' più di gioia e di giustizia nel mondo; al contrario invece era sempre molto triste quando vedeva il progresso della scienza e della tecnica contribuire alla guerra, alla morte, alla sofferenza degli innocenti; non si scandalizzava dell'elettronica utilizzata per la preghiera e per la liturgia, o dell'informatica messa al servizio dell'organizzazione della carità, ma quando veniva a sapere che certi scienziati, nei loro laboratori, manipolavano embrioni umani o cercavano di mettere a punto armi chimiche o biologiche capaci di distruggere l'uomo e il suo ambiente rimaneva davvero sconvolto. Dio era immerso in questi pensieri mentre camminava sul marciapiede della fermata San Giovanni quando vide un vecchio che barcollava sotto il peso di un'enorme valigia, probabilmente doveva essersi smarrito nel labirinto della metropolitana; era un immigrato, uno di quegli stranieri che per anni e anni, col loro sudore, hanno vissuto e lavorato regolarmente come uno di noi. L'uomo era sceso da un treno due ore prima alla Stazione Tiburtina e da allora girava, girava senza fine nel dedalo dei corridoi e delle coincidenze. Nella mano libera il vecchio stringeva un pezzo di carta tutto spiegazzato dove qualcuno, un parente o un amico, aveva scarabocchiato un indirizzo: quello di una località alla periferia nord. Dio si avvicinò, gli sorrise e si fece mostrare l'indirizzo, prese la valigia e fece segno all'uomo di seguirlo. Mentre camminavano insieme, lo straniero si disse che era stato molto fortunato a incontrare finalmente qualcuno che si interessava di lui. Ringraziò calorosamente Allah nella lingua del suo paese, e quell'azione di grazie improvvisata andò dritta al cuore di Dio. Portando la valigia dell'immigrato Dio pensava a un certo Simone, originario di Cirene, che un venerdì come quello, a Gerusalemme, l'aveva aiutato a portare un terribile carico: il pesante braccio di una croce che non aveva niente a che vedere con quelle che oggi si usa portare al collo. Lui, su quella croce, l'avevano appeso.

Dio accompagnò il vecchio fino alla fermata Lepanto; qui

gli indicò la strada per arrivare a destinazione, lo straniero non si sarebbe perso perché la strada che Dio indica è sempre quella buona, anche se certe volte, per arrivare alla meta, bisogna fare qualche deviazione imprevista. Il vecchio era commosso, disse a Dio di andarlo a trovare una di quelle sere, dopo il lavoro, non appena lui si fosse sistemato. Dio rispose che accettava l'invito; Dio, a differenza dell'uomo, mantiene sempre le sue promesse.

Capitolo 4

Per riprendere la metropolitana nella direzione opposta ci voleva il biglietto, e questa volta Dio doveva procurarselo, «come tutti». Ma quando fu davanti al distributore automatico si ricordò che non aveva neanche un soldo. Aveva soltanto una carta di credito che San Matteo gli aveva raccomandato di portare sempre con sé, a causa delle sue iniziative impreviste. Ma a che cosa poteva servirgli quella carta della Banca di Mutuo Soccorso del Paradiso? La macchina non l'accettava. Dio si sentiva molto a disagio, nella metropolitana non poteva ripetere la scena del pesce che un giorno gli aveva permesso di pagare la tassa del culto per sé e per san Pietro, non poteva neanche fare la questua come nelle chiese: l'arcivescovo non sarebbe stato contento. Avvenne allora un piccolo miracolo, un operaio arrampicato su un ponteggio a parecchi metri dal suolo alzò gli occhi dalla linea elettrica che stava riparando e disse allegramente: "Amico, mi sembri proprio messo male. È capitato anche a me più di una volta. Prendi! Se questo può cavarti dai pasticci". Diede a Dio una moneta da dieci franchi, Lui raccolse la moneta che era rimbalzata ai suoi piedi e ringraziò l'elettricista che gli sorrideva dall'alto, come gli aveva sorriso Zaccheo, arrampicato sul famoso albero. Si ripromise di restituire il centuplo a quell'uomo che l'aveva aiutato con tanta semplicità.

Siccome Dio mantiene sempre la parola e i suoi doni sono senza prezzo, l'operaio poteva dormire tranquillo: la pensione che Dio gli preparava in paradiso sarebbe stata infinitamente più piacevole di quanto potesse desiderare o immaginare. Non avrebbe più dovuto preoccuparsi per il domani, un domani che avrebbe sorriso a lui e a tutti i suoi per l'eternità. A Dio era andata bene: grazie all'operaio e alla sua moneta aveva potuto continuare il suo viaggio. Nella stazione Spagna, dove Dio si trovava, si era formato un gruppetto di gente intorno a un algerino che non avendo il biglietto aveva superato d'un balzo il tornello ed era stato fermato da un poliziotto in borghese.

Quest'ultimo aveva chiamato via radio una pattuglia di colleghi e nel giro di qualche minuto l'uomo, che poteva avere una trentina d'anni, si era ritrovato con le manette ai polsi. La gente che aveva assistito alla scena faceva i suoi commenti ad alta voce, approvando i poliziotti che non risparmiavano al malcapitato percosse e insulti. Qualcuno arrivava persino a dire che "bisognava far piazza pulita al più presto di tutta quella «gentaglia», farabutti che si credono tutto permesso e che sarebbe meglio rimandare a casa loro, nel paese dei datteri e del couscous, invece di lasciarli qui a mangiare il nostro pane e a molestare le nostre mogli e le nostre figlie". Dio diede un'occhiata a quelli che dicevano queste cose, erano persone perbene, «molto a posto», la maggior parte di loro andava sicuramente a Messa la domenica e si sforzava di dare ai propri figli una «buona» educazione. Avevano mai sentito parlare del vangelo della misericordia? Dio non avrebbe saputo dirlo. In un primo momento, l'algerino cercò di difendersi spiegando come poteva che era rimasto senza lavoro e senza soldi e che doveva prendere la metropolitana se voleva trovare in fretta un altro posto. Poi, vedendo che nessuno gli credeva, non disse più una parola. Dio era colpito e scandalizzato da ciò che vedeva e sentiva. Si accanivano contro quel pover'uomo come un tempo si erano accaniti contro di lui quando l'avevano trascinato davanti a Pilato e a Caifa, addossandogli tutte le colpe, tutti i mali dell'umanità.

Gli accusatori erano in buona fede. Sarebbero stati pronti a giurare, a testimoniare che l'algerino era colpevole e mentiva. Del resto bastava guardarlo, bastava vedere il colore della sua pelle. Che cosa poteva venire di buono da quel paese e da quella razza? Dio era sempre più sconvolto, tese attentamente l'orecchio, ma invano.

Possibile che quella gente non avesse un cuore oppure aveva un cuore di pietra? Sì, doveva essere proprio così. Dio, che pure ha l'orecchio fino, non sentiva assolutamente niente: neanche il più piccolo palpito di simpatia o di compassione. Decisamente, si disse, nulla è cambiato: nel mondo ci sono sempre degli innocenti maltrattati senza ragione.

Gli uomini hanno sempre bisogno di un capro espiatorio, di un innocente che paghi. Dio era nauseato: condussero l'algerino al posto di polizia e gli fecero un sacco di domande, quando le risposte non erano soddisfacenti lo picchiavano a sangue e lo insultavano. Il seguito, Dio lo conosceva: l'uomo sarebbe stato trasferito al commissariato di zona e là avrebbero ricominciato da capo, «per dargli una lezione» mandato avanti a spintoni, coperto di insulti e di sputi, sarebbe caduto una prima, una seconda e una terza volta. Avrebbe passato la notte in una cella mentre gli agenti di custodia avrebbero ingannato il tempo giocando a dadi. Il giorno seguente o due giorni dopo, ridotto in condizioni disumane, l'avrebbero processato per direttissima. E siccome non avrebbe avuto i soldi per pagare la penale l'avrebbero messo in carcere. Oppure, se fosse stato fortunato, l'avrebbero rimandato al suo paese scrivendo sulla sua scheda: "Indesiderabile". Nel frattempo le persone perbene, quelle che hanno la coscienza tranquilla, continuerebbero a difendere la morale e i grandi princìpi. E gli altri, l'immensa folla degli altri, gli indifferenti, quelli che si lavano le mani in ogni occasione, dicendo: «Non è affar mio, non è cosa che mi riguarda», continuerebbero a dormire sonni tranquilli. Grazie a loro c'è forse un po' più di «ordine» e di «pulizia», ma dove vanno a finire la giustizia e la carità?

Si salvano le apparenze ma si perde l'essenziale, si imbiancano i sepolcri ma questo non impedisce che si diffonda un'insopportabile puzza di cadavere e di corruzione.

Quella puzza di ingiustizia e di ipocrisia Dio la conosceva bene, gli aveva rivoltato lo stomaco più di una volta perciò era triste, veramente molto triste per ciò che aveva visto e sentito nella metropolitana, quel venerdì, alla stazione Spagna.

Capitolo 5

Era quasi mezzogiorno, Dio lasciò la fermata Spagna dopo esser passato davanti a una serie di negozi, erano così tanti che non si capiva più dove finiva la metropolitana e dove cominciavano i grandi magazzini. Nella nuova vettura su cui Dio era salito un ragazzo e una ragazza si baciavano dicendosi tenere parole. Come tutti gli innamorati erano soli al mondo, eppure Dio, che sa com'era affollata a quell'ora la metropolitana, si disse che quei due, se continuavano così, ancora una volta non si sarebbero accorti della loro fermata; in mezzo alla folla anonima avevano costruito il loro nido, avevano trovato il loro angolo di paradiso, immersi nella loro felicità avevano perso il senso del tempo. Non esisteva più, il tempo, per loro: aveva uno strano sapore, quasi di eternità. Dio sorrise di fronte a quella coppia felice: gli piacevano gli innamorati, un giorno o l'altro, probabilmente, quei due si sarebbero sposati e Dio avrebbe partecipato alle nozze, come sempre. Perché dovunque ci si ama Lui è presente, dovunque si festeggia l'amore Lui viene alla festa, anche quando ci si dimentica di invitarlo. Dio sorrise di nuovo: pensava a Cana, se il vino fosse venuto a mancare, Lui sarebbe stato capace di trasformare l'acqua un'altra volta per quei due. Amava tanto gli innamorati! Dio scese a Repubblica, davanti a Lui un uomo si accasciò sul marciapiede, era sulla quarantina e sembrava svenuto; uomini e donne passarono, indifferenti. Avevano i loro impegni e avevano fretta, alcuni curiosi si fermarono: non erano preoccupati per l'uomo che giaceva per terra, ma erano interessati dall'avvenimento: avrebbero avuto qualcosa da raccontare arrivando in ufficio, quell'ufficio dove si annoiavano tanto, certi giorni, e dove non succedeva mai niente. Una donna allontanò i curiosi con energia e chiese a un signore perbene di chiamare il pronto soccorso invece di rimanere lì impalato a far niente, tentò un massaggio cardiaco, ma senza risultato. Dio offrì il suo aiuto, ma la donna gli disse che non c'era più niente da fare: ”Sono medico” disse. “Ho esperienza di queste cose. Il cuore si è fermato. È fragile, sa, un cuore.” Dio lo sapeva, aiutò la donna a trasportare l'uomo su una panchina e i loro sguardi si incontrarono, ecco ebbe un sussulto: quella donna assomigliava a Maria di Nazaret, gli stessi occhi, la stessa forza, la stessa tenerezza. Sulla strada del Calvario Maria non aveva ceduto, era arrivata fino ai piedi della croce ed era rimasta accanto a suo figlio, quel figlio che amava tanto e che stava per essere ucciso era lì e lo consolava come solo una madre sa fare, eppure il suo cuore sanguinava; Maria era una donna e come la maggior parte delle donne odiava la violenza, l'ultimo sguardo di Gesù era stato per sua madre. Con profonda emozione Dio aveva ritrovato negli occhi di quella donna lo stesso sguardo di Maria. Facendosi largo tra la folla, un uomo si avvicinò, era un prete, si inginocchiò accanto all'uomo, fece un segno di croce e pregò in silenzio. Poi disse ad alta voce: "Il Signore che ti ama ti dia la pace e il riposo eterno." "Amen" disse Dio, rispondendo per una volta a nome di tutta l'assemblea. Il prete guardò quell'uomo vestito come lui, si disse che doveva essere un cristiano, un buon cristiano che conosceva le preghiere e aveva ricevuto una buona formazione nell'Azione cattolica o in parrocchia. Poi si allontanò e si perse tra la folla, lasciando ai morti il compito di seppellire i loro morti. Mezz'ora dopo sarebbe stato in fabbrica, la sua Nazaret, e avrebbe condiviso la fatica, la gioia e le sofferenze dei suoi compagni di lavoro. Arrivarono con una barella e lo portarono via. Un morto che doveva essere un po' sorpreso di ritrovarsi in quello stesso momento, ben vivo, in paradiso. Come tutti quelli che muoiono e una volta superata l'angoscia e varcata la soglia, ancora increduli come Tommaso, non credono ai loro occhi né alle loro orecchie vedendo che c'è davvero una luce al di là della notte, che l'amore non muore e che ciò che avevano dentro di più bello zampilla per sempre in una vita senza fine. Come gli apostoli, pure loro increduli dopo la risurrezione, alla fine avrebbe dovuto arrendersi all'evidenza: i ciechi vedevano, i sordi udivano, gli zoppi camminavano, i poveri e gli emarginati partecipavano alla festa; i morti erano vivi, da non chiedere che di godere la loro eternità di gioia in cui ciascuno si sentiva profondamente amato, soddisfatto, felice. Dio avrebbe scambiato volentieri un'ultima occhiata con la donna che gli aveva ricordato Maria di Nazaret. Ma la donna si era allontanata in silenzio per andare in ospedale dove l'aspettavano i malati che lei avrebbe cercato di guarire.

Capitolo 6

Era mezzogiorno e Dio cominciava ad avere appetito. Quando è fra noi Dio è come noi, come la maggior parte di coloro che al mattino si alzano presto per andare a lavorare sente un certo vuoto nello stomaco. Dio prese la linea Battistini - Anagnina, che dopo qualche fermata esce in superficie, questo gli permise di respirare un po' d'aria fresca e di rendersi conto di com'era Roma la Città Eterna. Contemplò il Tevere su cui passava una lunga fila di chiatte, scosse la testa riconoscendo la Cupola di San Pietro, che dopo una storia millenaria è ancora bella come quando l'avevano costruita. Qui si mise a sedere su una panchina, una delle poche rimaste nelle stazioni della metropolitana. Tutto intorno c'erano grandi manifesti pubblicitari, uno di essi mostrava in primo piano un bel panino con la maionese, Dio guardò il manifesto e si disse che un panino sarebbe stato proprio quello che ci voleva visto che cominciava ad avere i crampi allo stomaco. In quel momento arrivò un uomo, era un tipo alla buona, di un'età non precisamente definibile, si sedette anche lui sulla panchina. A tracolla aveva una bisaccia scolorita che doveva aver fatto molta strada e molte battaglie come il suo padrone, da questa bisaccia l'uomo tirò fuori una bottiglia: era vino rosso pregiato, poi tirò fuori del pane e un pezzo di salame; ad un certo momento cominciò di nuovo a frugare nelle tasche, brontolando, e infine trovò il suo coltello, con cui aprì amabilmente la bottiglia, tagliò il pane e si mise ad affettare il salame.

Stava cominciando tranquillamente a fare il suo pranzo quando incontrò per caso lo sguardo del vicino: doveva essere un barbone come lui, ma era senza dubbio alle prime armi, era evidente che non sapeva come cavarsela, "Ne vuoi un po'?" disse l'uomo mostrando il pane e il salame. Senza fare complimenti, Dio accettò.

"Io mi chiamo Luigi" disse l'uomo. "E tu?" "Io mi chiamo Dio". Luigi non batté ciglio, nella sua vita vissuta per strada ne aveva viste e sentite tante ma non aveva mai sentito cose così stupefacenti se non che tra le sue conoscenze contava già un Maometto e un Buddha, tuttavia non aveva problemi a metterci anche Dio. "E di nome, come ti chiami?" chiese Luigi, che nonostante tutto era rimasto un po' impressionato da quel cognome. "Non ho un nome" rispose Dio. "Ah, bene" disse Luigi. La cosa gli sembrava un po' strana, ma non volle insistere, in fin dei conti ciascuno ha il diritto di avere le sue opinioni, e sulle tradizioni non si discute, come sulla religione. Terminato lo spuntino, Luigi raccolse accuratamente gli avanzi e li ripose nella bisaccia, come fanno i poveri dovunque, in tutti i paesi del mondo, poi chiese al suo vicino se non poteva spostarsi un po' più in là: - È l'ora della mia siesta che per me, è sacra -.

Gentilmente, Dio si spostò perché Luigi potesse sdraiarsi, lo fece volentieri, perché ciò che è sacro per l'uomo lo è ancora di più per Lui; anche Dio sorrise, in ogni caso c'erano dei tipi in gamba in quella metropolitana: gente che non ti ha mai visto e divide con te, fraternamente, quel poco che ha. Dio annotò nella sua agenda il nome di Luigi per essere sicuro di non dimenticarlo. Poi si alzò e prese il primo treno ringraziando in cuor suo tutte le persone semplici come Luigi che sanno condividere senza tanti problemi quello che hanno. Un'ora dopo Luigi si svegliò, aveva freddo e si sentiva tutto intorpidito. Per riscaldarsi, frugò nella bisaccia in cerca della bottiglia, quando l'ebbe trovata si stropicciò gli occhi. Non capiva più niente: un' ora prima era quasi vuota e adesso era piena, con un tappo nuovo di zecca. Luigi rimise la mano nella bisaccia e trovò una bella pagnotta di pane fresco e croccante come non ne mangiava da tanto tempo. Credendo di sognare, Luigi si stropicciò di nuovo gli occhi. Più ci pensava e meno capiva, alla fine dello spuntino era rimasto solo un pezzetto di pane. Che cosa era successo mentre dormiva? Fu allora che Luigi si ricordò dello strano tipo con cui aveva diviso il suo pranzo, quel tipo che gli aveva detto con la massima serietà «Io sono Dio», si ricordò dei discorsi che avevano fatto mentre mangiavano insieme, seduti uno vicino all'altro. E man mano che gli tornavano in mente le sue parole si sentiva di nuovo ardere il cuore. Luigi era turbato, allora quello era veramente Dio, non l'aveva preso in giro! Luigi scosse la testa e riconobbe anche lui che a volte si facevano incontri proprio strani in quella metropolitana.

Luigi aveva le idee molto confuse, prese la sua bisaccia e decise di andare a consultare Buddha e Maometto che l'aspettavano tutti i giorni a Ottaviano, a pochi passi di lì.

Buddha ascoltò Luigi e rimase impassibile, come sempre, Maometto si limitò a ripetere più volte "Dio è grande", secondo la sua abitudine. Luigi era al punto di prima, fu allora che si ricordò di un vecchio prete che più di una volta l'aveva tirato fuori dai pasticci. Andò da lui, a Sant'Anna, ma non lo trovò. Chiese allora del suo sostituto e gli raccontò tutta la storia. Il prete ascoltò distrattamente continuando a scartabellare le sue scartoffie, gli disse che senz'altro aveva sognato, sulla panchina della metropolitana, o aveva bevuto un po' troppo. Mi prende per matto - si disse Luigi - era scandalizzato vedendo che quell'uomo di Dio non gli credeva, secondo la teoria dunque si poteva dividere il proprio pane con uno sconosciuto, su una panchina della metropolitana, ma non era possibile condividere un pizzico di fede nemmeno con un prete!

Luigi non era un teologo, ma qualcosa sapeva, anche lui conosceva i Vangeli: Cana, la moltiplicazione dei pani. Sapeva distinguere un bel discorso di circostanza da una parola fraterna sgorgata dal cuore, come molti altri, anche lui credeva soltanto a quello che vedeva. Ma questa volta non c'erano dubbi: il pane e il vino li aveva visti coi suoi occhi! Lo salutò gentilmente e se ne andò, dicendosi che, dopotutto, non si poteva pretendere: forse non gli era mai capitato di incontrare Dio.

Poi riprese il cammino che sarebbe stato del tutto diverso da prima, perché adesso aveva un compagno. Mentre si incamminava gli disse, sicuro di essere ascoltato: "Me l'hai fatta bella, ma bella davvero!"

Capitolo 7

Nel frattempo anche Dio aveva fatto un po' di strada, alla fermata della Borsa, dove ora si trovava, c'era un gran viavai di gente; uomini d'affari andavano e venivano in tutte le direzioni a causa degli ingorghi del traffico, molti preferivano prendere la metropolitana così non avrebbero rischiato di perdere il rito dell'apertura che si celebrava quasi ogni giorno là sopra, nel tempio del profitto e del denaro, ancora qualche minuto e sarebbe suonata la campana: il rito avrebbe avuto inizio e milioni di azioni sarebbero state sacrificate al vitello d'oro, azioni non sempre oneste che a volte mandano in rovina persone, famiglie e nazioni intere. Gli agenti di borsa avevano fretta per loro, era innanzi tutto denaro, soldi persi o guadagnati: dipendeva dall'intuito e dal capitale di partenza. Quasi tutti correvano, alcuni avevano in mano una valigetta ventiquattrore, altri muovevano febbrilmente le dita su una calcolatrice tascabile cercando di valutare in fretta le operazioni più convenient, avevano la testa imbottita di cifre, di listini e di quotazioni, nel loro linguaggio da iniziati parlavano continuamente di valori. Dio trovò che, a conti fatti, erano valori molto svalutati, e a lungo termine irrimediabilmente condannati, bisogna dire che gli affari non sono il suo forte: ha l'abitudine di dare senza contare, e per di più gratuitamente e ha un debole per la condivisione.

Dio trovò che in quella stazione c'era una puzza nauseante di marcio. Il fatto è che in Borsa il denaro regna sovrano, mentre in paradiso non si può entrare se non dopo aver scelto fra il denaro e Dio. In paradiso tutto è gratuito, ci si paga con sorrisi, baci, mazzetti di viole o di fiori di campo, l'unica azione quotata è l'azione di grazie, l'unico vincolo è la carità. I valori più apprezzati sono la brezza della sera, il canto degli uccelli e lo sguardo dei bambini, così ricco di luce e di tesori di tenerezza. Mentre Dio pensava allo sguardo dei bambini, quei bambini che sulla terra sanno donare quello che non hanno, cioè quello che ha più valore, e poi, diventati adulti, rifiutano di condividere il superfluo, cioè quello che non appartiene loro, due uomini sulla cinquantina presero posto davanti a Lui nella carrozza su cui era salito. Erano agenti di borsa che avevano fatto le loro operazioni, e tornavano a casa fregandosi le mani: era stata una giornata buona. Uno spiegava all'altro che l'interesse, per lui, era fondamentale, l'altro approvava e rincarava la dose dicendo con una sonora risata:

"Io presto soltanto ai ricchi. Così sono sicuro che mi va sempre bene!" Dio si disse che in vista della resa dei conti quel tale avrebbe fatto bene a mettersi a dieta senza perdere troppo tempo e seriamente, se un giorno ormai non lontano avesse voluto passare senza eccessiva fatica per la cruna di un ago: in paradiso si entrava così.

Erano le tre del pomeriggio, in un sottopassaggio della stazione un hippy pizzicava la sua chitarra circondato da alcuni compagni. Dio sedette vicino a loro e rimase ad ascoltare. Il ragazzo cantava bene. Doveva essere un irlandese o forse un americano. Dopo alcuni pezzi di folk attaccò un rock indiavolato che radunò immediatamente un gruppetto di adolescenti. Tutti battevano le mani e alcuni si misero a ballare. Poi il ritmo cambiò: l'hippy improvvisava una canzone su una melodia tradizionale del suo paese, le parole dicevano: "Senza Gesù il mondo è fottuto, il vangelo è la vita, la vera libertà. Bisogna essere svitati, ma proprio svitati, per non essersene accorti un po' prima." Dopo un momento di stupore, tutti approvarono riprendendo a battere le mani per accompagnare l'hippy, alcuni passanti gettarono delle monete. Una di esse rimbalzò vicino a Dio che ne approfittò per guardare a immagine di chi fosse stata coniata: non era Cesare, ma la Repubblica.

Dio si chiese come mai le autorità dello Stato si ostinassero a far imprimere su quasi tutte le monete un volto o una figura di donna, mentre c'erano così poche donne al governo o in parlamento, si disse che doveva essere una nuova forma di ipocrisia: un espediente usato dagli uomini per far credere alle donne di avere il proprio peso nella vita sociale, mentre in realtà la cosa pubblica continua ad essere praticamente nelle mani degli uomini. Dio si disse che il mondo non era molto cambiato, nonostante tutte le lotte delle donne per far rispettare i loro diritti e la loro dignità.

Dio era arrivato a questo punto delle sue riflessioni sul ruolo della donna nelle nostre società, quando l'hippy decise che aveva strimpellato a sufficienza per quel giorno, salutò i compagni, ripose la chitarra nella sua custodia e tirò fuori di tasca una sigaretta. Era hascisch. Dal momento che Dio era sempre vicino a lui, preparò con cura uno spinello e glielo offrì; Dio rifiutò, spiegando che la sua droga era l'amore, l'amore che non finisce e che rende felici, follemente, eternamente felici. L'hippy rimase sconcertato, si disse che quel tizio dal comportamento così strano, quello sconosciuto che si era seduto vicino a lui mentre cantava e non aveva cessato di incuriosirlo, sicuramente aveva già avuto la sua dose, di amore o di qualcos'altro, non insistette e se ne andò con la chitarra a tracolla, dopo aver dato a Dio qualche moneta per «bere un bicchiere alla sua salute». Dio riprese la sua strada canticchiando: "Senza Gesù il mondo è fottuto, il vangelo è la vita, la vera libertà. Bisogna essere svitati, ma proprio svitati, per non essersene accorti un po' prima."

Capitolo 8

Erano le cinque del pomeriggio, da Via Vitelleschi dove si trovava Dio raggiunse Piazza San Pietro, un nome che gli diceva qualcosa, forse era il Centro della Cristianità, forse era dove riposava il pescatore di Uomini più conosciuto... Vedendo una cabina telefonica, entrò, inserì una tessera e compose un numero segreto; quando gli veniva voglia di andare un po' fra gli uomini per «aggiornarsi», come diceva Lui, quel numero gli permetteva di mettersi direttamente in comunicazione, tramite una linea speciale, col suo Regno.

Attese qualche secondo e udì nel ricevitore una voce che ripeteva: "Non c'è più nessun abbonato a questo numero. Consultate il nuovo elenco". Devo aver sbagliato - si disse Dio. Rifece il numero e la stessa voce ricominciò a dire: "Non c'è più nessun abbonato a questo numero." Strano - si disse Dio. È la prima volta che mi succede una cosa simile, che qualcuno abbia approfittato della mia assenza per organizzare un colpo di Stato o un cambiamento di governo nel mio regno sempre così tranquillo? Non ci sono mai stati problemi, questo è vero, ma sono cose che possono capitare ai capi di Stato quando si assentano dal loro paese per fare un po' di vacanza.

Dopo averci pensato ancora un momento, Dio scartò questa ipotesi. Era impossibile: in paradiso tutti gli volevano bene ed erano fra loro come fratelli, doveva essere semplicemente un'interferenza o un guasto alla linea, Dio rifece di nuovo il suo numero speciale. Questa volta il disco cambiò, una voce diversa ripeteva: " La linea è sovraccarica. Si prega di richiamare più tardi."

Allora Dio si ricordò che il fine settimana era cominciato e che c'era molto da fare in quel giorno in paradise, anche e soprattutto la domenica. Dal momento che i grandi «esodi» coincidono quasi sempre con le feste cristiane (Natale, Pasqua, Ascensione, Pentecoste), quelli non erano mai giorni di vacanza in paradiso, anzi, certe volte bisognava moltiplicare il servizio di accoglienza a causa di tutti quelli che, sulla strada, si addormentavano al volante, si schiantavano contro un platano e finivano il loro sonnellino in paradiso, sotto un arancio in fiore; o a causa di tutti quei pirati della strada che a volte spedivano famiglie intere là dove non avevano previsto di andare tanto in fretta. In certi momenti il servizio di accoglienza non bastava più, bisognava far scattare il piano di emergenza e mobilitare tutto il cielo per andare in aiuto alla terra. Per fortuna la buona volontà non mancava e la carità, ben orientata, non esitava a cominciare dagli altri, allora bisognava vedere all'opera Francesco d'Assisi, Vincenzo de' Paoli, Teresa di Lisieux e tanti altri: erano instancabili e sapevano bene cosa fare.

La rianimazione, per loro, non aveva segreti. Dio non

rifece il numero, conosceva la situazione e non voleva occupare la linea: potevano esserci chiamate urgenti. E lui sapeva quanto vale una vita, la vita di un uomo, di una donna o di un bambino. Non aveva forse donato la sua, un venerdì come quello, perché la vita di tutti potesse zampillare in eterno? Dio uscì dalla cabina e riprese la metropolitana in direzione Termini.

Alla sua sinistra e alla sua destra si erano messi a sedere due uomini che stavano leggendo, il primo era un vescovo, il secondo un intellettuale di sinistra. Il vescovo stava alla sinistra di Dio e l'intellettuale alla sua destra, il vescovo leggeva un quotidiano - "L'Unità"- il libro dell'intellettuale si intitolava "Alla destra di Dio". L'uno e l'altro si chiedevano, man mano che procedevano nella lettura, se per un cristiano era preferibile essere alla destra di Dio o alla sinistra del Cristo. Era una questione molto attuale e molto dibattuta. Dio si sentiva un po' a disagio in mezzo a quei due, in posizione di centro. Al centro, Lui, che aveva sempre avuto il cuore a sinistra? Al centro, Lui, la cui «destra» aveva fama di essere così potente? Dio era perplesso, veramente perplesso. C'era da perdere la testa, per un attimo fu tentato di chiedere al vescovo che cosa ne pensava. È istruito, un vescovo, conosce un sacco di cose su Dio e sulla religione, ma era talmente immerso nella lettura che non osò disturbarlo. Quanto all'intellettuale di sinistra, Dio lo guardò attentamente e si disse che dopo dieci anni con ogni probabilità sarebbe stato di centro, e dopo venti sicuramente di destra, di solito succede così agli intellettuali di sinistra, stando a quello che aveva sentito dire. Dopotutto – pensò - non sono affari miei ma degli uomini. Quello che conta è che abbiano un cuore, un cuore disponibile, aperto agli altri e all'incontro con l'Altro, Dio concepiva così la fraternità.

Capitolo 9

Erano le cinque e mezzo. Dio si trovava alla Stazione Termini, dove la metropolitana serve diversi sobborghi operai, ecco che ricominciava la grande confusione, come al mattino, a ondate compatte, una folla di operai e di impiegati usciti dalle fabbriche e dagli uffici scendeva dagli autobus e si riversava nella metropolitana, invadendo la stazione.

In fabbrica avevano sudato tutto il giorno per guadagnarsi il pane quotidiano e adesso dovevano sudare sulla metropolitana per riguadagnare le loro case "Dài, amico, stringiti un po'! Quando c'è posto per uno ce n'è anche per due" disse un giovanottone che era di buon umore perché il giorno dopo era sabato, e lui non avrebbe lavorato. Dio si fece da parte e l'altro riuscì, con un'energica spinta, a prendere posto vicino a Lui sulla vettura stracarica. "Tutte le sere è la stessa storia" disse il giovanotto "si fatica tutto il giorno e poi bisogna viaggiare in piedi per un'ora prima di arrivare a casa, lo trovi normale, tu?" Dio rispose che in effetti era piuttosto scomodo, non era proprio un paradiso. "Il paradiso, io non lo conosco" disse l'altro, "ma l'inferno, se esiste, è sicuramente qui." Dio, che non è molto afferrato in teologia, trovò che il paragone era azzeccato e che quell'uomo non aveva del tutto torto, dopotutto bastava chiedere una consulenza a San Tommaso d'Aquino.

Qualche fermata dopo salì una religiosa, era vestita come tutti gli altri, ma si sa che Dio riconosce sempre i suoi, la religiosa tirò fuori un grosso libro da un sacchetto di plastic, era un'opera di teologia ancora fresca di stampa; Dio allungò gli occhi con discrezione, ma dovette ben presto rinunciare alla lettura non a causa dei movimenti bruschi del treno, ma piuttosto dei paroloni con cui si era scontrato fin dalle prime righe. La religiosa sembrava non avere difficoltà, voltava le pagine una dopo l'altra e dava l'impressione di leggere con un certo piacere, "è in gamba, la suora" si disse Dio "deve essere un gran cervellone. Forse ha fatto i corsi di aggiornamento alla Cattolica, bisogna che ci faccia forse un pensiero anch'io. Spero per lo meno che conosca il Vangelo: è estremamente più semplice anche se, a volte, certe parole vanno decifrate col cuore, e ci vuole tutta la vita per metterlo in pratica." Dio scese lasciando la religiosa alle delizie e agli arcani della nuova teologia.

Quando fu sul marciapiede si sedette un momento per riprendere fiato, ma non era ancora finita con la teologia, infatti, alla sua destra, un uomo sulla quarantina divorava un libro dal titolo: "Dio esiste, io l'ho incontrato" mentre alla sua sinistra una ragazza leggeva con molta attenzione un articolo che dichiarava: "Dio è morto."

Decisamente - pensò Dio - la gente si interessava molto a

Lui in quel momento, ma i pareri sembravano molto discord. Se l'uomo e la ragazza avessero potuto sapere che Lui era lì, proprio in mezzo a loro, forse sarebbero rimasti di stucco. Ma Dio era troppo discreto per disturbare la loro riflessione. E poi, se avesse detto loro, su quella panchina della metropolitana "Si parla di Dio? Sono io! Se avete qualcosa da chiedermi, sono a vostra disposizione: farò del mio meglio per rispondervi" sicuramente l'avrebbero preso per pazzo.

Gli apostoli ci avevano messo molto tempo a capire chi fosse veramente, più d'una volta aveva sorpreso nei loro occhi un lampo di inquietudine mentre parlava loro del suo Regno, era lo stesso sguardo che a volte si intravvede negli occhi della gente quando pensa di te, senza avere il coraggio di dirtelo: "Poveretto, non è del tutto a posto, deve avere qualcosa che non gira, avrebbe bisogno di andare dallo psichiatra e di prendersi un po' di riposo."

Capitolo 10

A quell'ora, come a tutte le fermate della metropolitana che portano il nome di una stazione ferroviaria, c'era una marea di pendolari diretti ai sobborghi operai e ai quartieri residenziali dell'hinterland. Andavano tutti di corsa, o almeno quelli che potevano. Avevano fatto fatica a entrare nella metropolitana e adesso si trattava di uscirne il più in fretta possibile per non perdere il treno che li avrebbe riportati finalmente a casa, dove li aspettava una bella doccia, più che meritata.

Anche Dio avrebbe fatto volentieri un bagno, come tanto tempo prima, a Tiberiade, era così piacevole tuffarsi nel lago dopo la pesca, con gli apostoli! Una sensazione meravigliosa, la spiaggia non era affollata, c'era posto per tutti, non si era costretti a prenotare con parecchi mesi d'anticipo per avere una stanza in albergo; se non c'era più posto in trattoria non era un problema: si faceva una grigliata all'aria aperta, tra amici, sulla riva del lago, si beveva, si rideva, si cantava, si spezzava il pane scambiandosi le ultime notizie, all'ombra di una barca mentre asciugavano le reti ci si metteva in relax, quando scendeva la notte si poteva dormire sotto le stele. Dio però era nella metropolitana, l'unico bagno che offriva la metropolitana era un bagno di sudore, che si appiccicava alla pelle e puzzava, la tua e quella dei vicini, proprio un sudore da Venerdì Santo.

Sui muri con insistenza quasi ossessiva dieci manifesti tutti uguali vantavano i pregi di un nuovo modello di automobile con cui, secondo la pubblicità, il suo proprietario avrebbe circolato per le strade «come un dio». Dio apprezzò il lato umoristico della cosa, sapeva che là sopra, sui viali, i bolidi tanto decantati dalla pubblicità ogni dieci metri erano fermi, incastrati in qualche ingorgo, e che gli «dèi» che stavano al volante fremevano di impazienza a ogni semaforo rosso: un tigre nel motore e il fegato pieno di rabbia, nella metropolitana c'erano le ore di punta, gli spintoni e qualche litigata, ma per lo meno i pedoni erano re, manifesti a parte. Dio non aveva ancora visto neanche una macchina sui marciapiedi delle stazioni, ma chissà fino a quando? Quando verrò la prossima volta, magari ci saranno dei vagoni per le auto completi di cuccette per i loro proprietari: da come li conosco sono capaci di inventare questo e altro!

Erano ormai le otto di sera e Dio cominciava di nuovo ad avere un certo appetito, erano passate parecchie ore da quando Luigi gli aveva offerto uno spuntino, inoltre sentiva anche il bisogno di prendere una boccata d'aria, decise quindi di uscire dalla metropolitana, prese una scala mobile e si ritrovò in strada. La prima cosa che vide fu Babele, una torre immensa che innalzava fieramente la sua mole verso il cielo. Dio, che di architettura un po' se ne intendeva, si fermò sul marciapiede vicino alle baracche di un cantiere, era intento a valutare le proporzioni e la solidità della costruzione, quando un uomo di circa quarant'anni con una faccia rude, segnata dalla fatica, sorrise e disse con un forte accento straniero: "Una bella costruzione, non è vero, signore? Viene gente da tutto il mondo per vederla!" "Grandiosa" disse Dio, che non pensava soltanto alle dimensioni della torre, ma a tutti i calcoli, a tutti gli studi, a tutto il lavoro che era stato necessario per innalzare così, un giorno dopo l'altro, tutto quel cemento armato e ricoprirlo di vetro. "A volte vado fino in cima" disse l'uomo, era uno spagnolo che aveva lavorato per anni a costruire la torre e al termine dei lavori era stato ingaggiato per la manutenzione insieme a un piccolo gruppo di operai. Lo spagnolo raccontò a Dio come la torre fosse cresciuta a poco a poco, come un albero: prima di innalzare il tronco verso il cielo avevano impiantato profondamente le radici nel suolo, migliaia di operai come lui, venuti un po' da tutti i paesi, avevano lavorato in quel cantiere, era stato un lavoro duro nonostante le ruspe, le gru, gli argani, e c'erano stati diversi infortuni nonostante le misure di sicurezza, così uno dei suoi migliori amici era morto, investito accidentalmente da una macchina operatrice, e lui stesso era rimasto ferito un giorno a causa di un carico mal sistemato. L'uomo era fiero del suo mestiere ed era felice di poterne parlare con qualcuno, come tutti gli operai che sanno fare bene il loro lavoro. Dio, dal canto suo, ascoltava il racconto di quell'uomo che gli diceva come un po' di sangue si mescolasse, a volte, al cemento armato, come l'acqua al vino della santa messa. Ormai era buio, la torre era diventata un'immensa sagoma scura che sembrava vegliare sulla città. "Mi chiamo Pedro" disse l'uomo "vieni dentro un momento, se vuoi, a fare due chiacchiere". Dio accettò l'invito e seguì Pedro nella baracca, se ne vedono tante di baracche come quella nelle vicinanze dei cantieri, ma nessuno ci entra mai; c'erano tre brande, un tavolo, delle sedie, un fornello e alcune valigie, era tutto pulito e in ordine. Pedro spiegò a Dio che ai tempi della costruzione della torre c'era una mensa per gli operai, da quando si occupava della manutenzione, invece, si faceva da mangiare nella baracca, insieme a due compagni. "Stasera non ci sono" disse. "È Pasqua, hanno approfittato dei tre giorni di festa per andare dai loro parenti a Lione, vuoi cenare con me?" propose Pedro dopo un momento "ho tutto quello che occorre, vedrai, è stupido, ma non mi piace mangiare da solo, non mi sembra un vero pasto." Dio accettò con gioia. anche Lui preferiva i pasti in cui non si condivide soltanto quello che c'è sulla tavola e nei piatti, ma anche quello che si ha nel cuore. Da un armadietto Pedro tirò fuori dei pomodori, due cipolle, un peperone e alcune uova fresche, in un attimo preparò una frittata che si divisero senza complimenti, come due fratelli che si ritrovano dopo una lunga assenza. Pedro era contentissimo di avere un compagno, gli piacevano tanto quei momenti di intimità con gli uomini e il vino era buono. "Viene da casa mia" disse Pedro "ne tengo sempre qualche bottiglia per gli amici". Era un vero vino da messa. Dopo aver cenato parlarono a lungo, Pedro mostrò a Dio la foto di sua moglie e dei suoi bambini rimasti laggiù, «al paese». Dio, dal canto suo, parlò del sole e delle stelle, del canto degli uccelli, delle farfalle azzurre, del sorriso dei bambini quando si addormentano e del fresco della sera dopo la calura del giorno, poi non dissero più nulla, i loro cuori erano una cosa sola, non avevano più bisogno di parole per capirsi, Dio e Pedro si erano incontrati.

Capitolo 11

Il giorno seguente era sabato, dopo il calvario della vigilia nella metropolitana Dio decise di prendersi un po' di riposo. Prima di invitarlo a sistemarsi su una delle brande rimaste libere e di augurargli la buona notte, Pedro gli aveva detto che si sarebbe alzato tardi la mattina dopo: aveva bisogno di recuperare. Dio trovò che era un'ottima idea: anche lui era stanco e non gli succedeva spesso di poter dormire fino a tardi. Quando Dio si svegliò, Pedro era già in piedi, lavato e sbarbato di fresco, allo stesso tempo si sentiva un buon profumo di caffè. Pedro disse al suo nuovo amico che andava a comprare il pane per la colazione, nel frattempo, se voleva, lui poteva farsi un po' di toeletta: c'era tutto l'occorrente. Poco dopo, quando Pedro tornò con due filoncini di pane fresco, Dio si sentiva bene, molto bene, come certe mattine, in Galilea, dopo una buona notte passata sotto un fico. Era di ottimo umore e fece colazione con appetito. Poi Pedro gli propose di fare un giro nel quartiere, Dio entrò prima di tutto nella grande stazione da cui partono ogni giorno molti treni, poi visitò la chiesa di San Bernardo dov'erano raccolti in preghiera alcuni cristiani. In seguito accompagnò Pedro in un grande magazzino dove si poteva comprare tutto a occhi chiusi, o almeno così sembrava. Appena usciti di lì si misero a camminare per i vicoli del quartiere e, come spesso accade nei dintorni delle stazioni, si incontravano tossici, clochard e prostitute. Dio ammirò, divertito, il modo in cui le coppie di oggi portano i bambini piccoli: in uno zainetto sulle spalle o appesi sul petto in una specie di amaca, allo stesso tempo apprezzò l'abilità di certi ragazzini che, in piedi su una tavola a rotelle, facevano lo slalom sui marciapiedi tra gli alberi e i pedoni; ogni tanto si fermava a guardare una vetrina o un annuncio scarabocchiato su un pezzo di carta e fissato con una puntina al tronco di un platano.

Notò con stupore che c'erano moltissimi stranieri in quel quartiere e un gran numero di ristoranti esotici, poi si ricordò che si trovava a Babele, non lontano dalla torre, che il cuore delle grandi metropoli oggi è un campionario colorato di tutta l'umanità, intorno a lui parlavano tutte le lingue, come a Gerusalemme il giorno della Pentecoste.

Dio e Pedro passeggiarono a lungo, poi, verso l'una, entrarono in una trattoria dove si può mangiare senza spendere troppo, si sedettero a un tavolo da dove si poteva vedere la gente che passava sul viale e fecero un buon pranzetto.

Quando arrivò il conto, Pedro volle pagare e Dio non insistette perchè se avesse voluto pagare Lui avrebbe dovuto ricorrere al trucco di moltiplicare sotto banco le poche monete che gli erano rimaste, siccome non gli piacevano i trucchi rinunciò all'idea e lasciò fare a Pedro.

Tuttavia prese nota accuratamente della somma che gli vide sborsare, per potergli restituire il centuplo, un giorno, com'è sua abitudine: il suo nuovo amico spagnolo che gli aveva offerto il pranzo non ci avrebbe perso nulla ad aspettare, sarebbe stato ben ripagato, questo era sicuro! Dopo aver mangiato continuarono a girare per il quartiere, che Pedro conosceva come le sue tasche, chiacchierando allegramente. Poi tornarono alla baracca, Pedro prese una vecchia chitarra che teneva sotto il letto e si mise a cantare con la sua voce profonda nostalgiche canzoni del suo paese. Ascoltando Pedro, Dio sognava a occhi aperti e a volte accompagnava la musica battendo il tempo con le mani, si sentiva a suo agio in quella baracca, in quel piccolo angolo di paradiso ai piedi di Babele, la grande torre, insieme a Pedro, il suo nuovo amico.

Cominciava a scendere la sera. Pedro ripose la chitarra e disse a Dio che aspettava alcuni amici: un gruppetto di compagni del quartiere e un prete che era uno di loro. Per discrezione, Dio si alzò per andarsene, ma Pedro gli disse che poteva restare: avrebbero celebrato la Messa tutti insieme, e Lui non sarebbe stato di troppo: a Messa - gli disse - gli amici degli amici sono amici, e più amici ci sono, più la Messa è bella. Dio trovò che tutto questo era molto «cattolico», e disse a Pedro che sarebbe restato. Una decina di uomini arrivarono uno dopo l'altro, si conoscevano tutti e si salutarono allegramente. Il prete arrivò per ultimo, aveva una quarantina d'anni e mani callose da operaio, si chiamava Andrea e parlava bene lo spagnolo. Pedro presentò Dio ad Andrea e ai suoi compagni che l'accolsero calorosamente, dovettero stringersi un poco perché adesso erano in dodici, e si misero a chiacchierare fraternamente, poi Andrea celebrò la Messa sul tavolino di legno che era stato preparato nel frattempo.

In silenzio, tutti ascoltarono la parola di Dio che quella sera penetrò profondamente nei cuori, era Pasqua, e ciascuno viveva e riviveva le parole e i gesti del Signore. Anche Dio era in mezzo a loro, come ogni volta che ci si riunisce nel suo nome. Quando distribuì la comunione Don Andrea notò con un certo stupore che l'amico di Pedro rimaneva al suo posto, eppure aveva partecipato attivamente alla celebrazione.

Dopo la lettura del Vangelo anche Lui era intervenuto con semplicità, e tutti si erano sentiti ardere il cuore alle sue parole, bisogna lasciargli il tempo di trovare la sua strada. Eppure Dio era entrato in comunione profonda con quegli uomini che quella sera di Pasqua avevano celebrato l'eucaristia diventando una cosa sola con Lui, la loro gioia era la sua gioia. Dopo la Messa la festa continuò, una festa intima, una cena fraterna durante la quale ognuno mise in comune quello che aveva portato per la gioia di tutti. Dopo aver mangiato e bevuto, chiacchierato e cantato, si bevve l'ultimo bicchiere, quello dell'amicizia prima di salutarsi, ciascuno se ne andò col cuore più leggero e più fraterno, portando con sé come un tesoro il ricordo vivo di quella serata.

Dio salutò Pedro, che era molto dispiaciuto di doversi separare da Lui, un po' come gli apostoli prima dell' Ascensione. "Ci rivedremo, spero" "Senz'altro" rispose Dio "non abbandono mai gli amici". "L'ho capito" disse Pedro "comunque, se ti capitasse di non sapere dove passare la notte, sai dove abito, ci sarà sempre posto per te nella mia baracca." Si allontanò nella notte, quella notte di Pasqua in cui, un po' dovunque nel mondo, uomini come Pedro e i suoi compagni univano il cielo e la terra e costruivano l'eternità. Dio non avrebbe dimenticato tanto presto dove era stato davvero il benvenuto.

Capitolo 12

Mentre si allontanava dalla torre ai piedi della quale aveva celebrato la Pasqua con Pedro e i suoi amici, in quell'umile baracca dove una piccola luce continuava a brillare nella notte come la lampada di un tabernacolo, Dio era felice, gli piacevano davvero tanto quegli incontri con gli uomini in cui le anime e i cuori diventano una cosa sola in cui ciascuno, finalmente, può essere se stesso, trasparente agli altri nella gioia e nell'amicizia. Riprese la metropolitana in direzione Anagnina, erano le dieci di sera, la metropolitana, a quell'ora, era tranquilla, il marciapiede era deserto e nella vettura su cui era salito c'era soltanto un poliziotto che aveva terminato il suo servizio. Il poliziotto era in piedi, Dio, invece, sedette e tirò fuori dalla sua valigetta alcuni giornali che si era procurato la sera prima in un'edicola vicino alla baracca di Pedro. Li sfogliò uno dopo l'altro, i titoli erano invitanti, il primo parlava dell'umanità, il secondo conduceva i suoi lettori in giro per il mondo, il terzo, un settimanale, faceva il punto della situazione, un altro, in concorrenza col precedente, si offriva come l'Espresso: il mezzo più sicuro per non lasciarsi scappare l'attualità.

Dio conosceva l'attualità, la seguiva sempre da vicino, sulla terra, purtroppo, c'erano tante sofferenze e tante, innumerevoli miserie: attentati ciechi e sanguinosi che facevano vittime innocenti; guerre e scontri a non finire; ingiustizie senza numero e violenze di ogni specie, soltanto nella metropolitana molte persone, ogni giorno, venivano aggredite, rapinate, violentate, a volte persino da bambini. Sopra, nella grande città, non si contavano più le vittime del freddo, della disoccupazione, della fame. I poveri erano sempre più poveri, gli incidenti sempre più numerosi, e nonostante lo sviluppo dei moderni mezzi di comunicazione non c'era mai stata tanta solitudine e tanta miseria nascosta. Gli ospedali traboccavano di malati. Proprio quella mattina avevano trovato una persona anziana morta da parecchi giorni nella sua abitazione, e nel cortile di un vecchio caseggiato avevano rinvenuto un neonato di poche ore che vagiva in un bidone della spazzatura. Questa attualità Dio la conosceva bene. Non aveva bisogno di leggerla sui giornali, continuò comunque a sfogliarli per vedere com'erano, si disse che il mondo non era molto cambiato: ci voleva sempre un gran coraggio per farne il giro; quando aprì "L'espresso" non trovò molte novità, una pagina su due l'aveva già vista sui manifesti pubblicitari che tappezzavano la metropolitana, quanto agli annunci economici sembravano fatti apposta per scoraggiare i disoccupati più coraggiosi, Dio stesso non avrebbe potuto rispondere a nessuna offerta di lavoro: non aveva mai i requisiti richiesti, non aveva un diploma superiore e tanto meno una laurea, il suo curriculum vitae sarebbe apparso di una mediocrità sconfortante, le sue aspirazioni avrebbero destato molti sospetti: non aspirava infatti a «salire», ma a «scendere», a incarnarsi. Se l'avessero sottoposto a dei test sicuramente non l'avrebbero scelto: l'avrebbero trovato superdotato, e quindi anormale, gli implacabili psicologi incaricati della selezione avrebbero eliminato subito un candidato che aveva la mania di scrivere tutto con linee curve e che parlava di amore eterno come nella posta del cuore.

Il poliziotto lo osservava senza dire una parola, uno che leggeva tanti giornali non poteva essere che un giornalista, ne aveva malmenati due una settimana prima, durante una manifestazione: due tipi che volevano fotografarlo mentre trascinava per i capelli uno studente sui vent'anni che non aveva fatto del male a nessuno ma semplicemente passava di là. Questo pensiero dovette fargli venire dei rimorsi, perché scese alla prima fermata. "Forse è pentito del suo sbaglio e va a confessarsi prima di mettersi a tavola" si disse Dio, che attribuiva sempre alla gente le migliori intenzioni del mondo, soprattutto la sera di Pasqua. Dio ripose i giornali nella sua valigetta e raggiunse una linea che porta fuori città, dopo essersi un po' smarrito nel dedalo dei corridoi e delle scale mobili. Mezz'ora dopo era ritornato a Piazza di Spagna, entrò in una cabina telefonica e compose un numero che sapeva a memoria, erano suoi amici, a cui non mancava mai di fare visita quando passava da quelle parti. Era tardi, ma sapeva che li avrebbe trovati ancora in piedi. Venti minuti dopo era a casa loro.

L'appartamento non era molto cambiato dall'ultima volta che l'aveva visto, gli piaceva quella casa popolare ai limiti di un bosco, vicino ad un ruscello, era un po' una seconda casa per Lui e ci tornava volentieri di tanto in tanto. Dio abbracciò i quattro bambini e trovò che erano cresciuti, non soltanto di statura, soprattutto il più piccolo, il cui vocabolario si era arricchito e che adesso conosceva tutte le parolacce. Come i grandi. Anche questa volta fu una bellissima serata, la cena fu animata e allegra, ciascuno aveva qualche domanda da fare e Dio rispondeva come poteva, perché ha i suoi segreti e ci tiene. Naturalmente non fu possibile mettere a letto i bambini. Il più grande volle mostrargli un apparecchio elettronico che aveva costruito con le sue mani e che miracolosamente funzionava. Bernadette gli disse che aveva passato due settimane in Inghilterra e che non aveva capito niente della Messa anche se conosceva bene l'inglese. Pasqualina, poi, era al settimo cielo: era la sua festa e Dio se n'era ricordato. Le aveva portato dei cioccolatini fabbricati apposta per lei in paradiso. Il più piccolo, che parlava poco ma aveva le sue idee su tante cose, volle sapere se a Dio piaceva andare a pesca e giocare alle bocce. Dio apprezzò il genio inventivo del maggiore, promise che avrebbe fatto un giretto in Inghilterra per vedere se capiva qualcosa di quella liturgia, diede il bacio della buona notte a Pasqualina che gliel'aveva chiesto e disse al più piccolo che la mattina dopo, se lui era d'accordo, avrebbero fatto una partita a bocce.

L'ultima volta che era venuto a trovarci Dio non aveva assolutamente accettato che gli cedessimo il nostro letto, dicendo che non voleva separare nemmeno per una notte un uomo e una donna uniti dai sacri legami del matrimonio. Sapendo che Dio è fedele ai suoi princìpi, ci facemmo prestare un materasso dai vicini e lo sistemammo a dormire in soggiorno.

Capitolo 13

Quando mi alzai la mattina dopo, con gli occhi ancora impastati di sonno perché eravamo andati a letto molto tardi, Dio non c'era. Non mi preoccupai: viene a trovarci da tanto tempo che comincio a conoscere le sue abitudini. Ancora una volta doveva essersi alzato molto presto per andare a fare un giro nel bosco vicino, gli piace molto quel bosco col ruscello che lo attraversa, con le sue migliori qualità di uccelli e i suoi alberi centenari che si innalzano diritti verso il cielo. Non mi ero sbagliato, mezz'ora dopo sentii suonare alla porta, era lui, sorridente come sempre, sembrava in ottima forma.

Mi raccontò la sua passeggiata: le goccioline di rugiada, il venticello del mattino che cullava i rami pian piano, lo scoiattolo fulvo con cui aveva fatto una chiacchieratina, si era tagliato un lungo bastone per cercare i funghi e ne aveva portati alcuni, infilati su un rametto di felce: qualche ostricone e due porcini. Dopo colazione chiese al bambino più piccolo se era pronto per la partita di bocce, certo che lo era! Si recarono dunque insieme a un campo vicino a casa per sfidarsi, Dio era un po' giù di allenamento e perdette la prima partita, ma vinse la seconda e se perse anche la bella fu perché aveva intravisto negli occhi del bambino un'espressione di rammarico. Si sforzò dunque di lasciarlo vincere in bellezza, il piccolo era fuori di sé dalla gioia: aveva sconfitto un avversario che aveva fama di essere imbattibile!

Alla fine della partita Dio si congratulò col vincitore e gli disse che è così, di vittoria in vittoria, che a poco a poco si diventa uomini, sarebbe stato sicuramente un ottimo catechista. Dopo il pranzo di mezzogiorno, che fu anch'esso un momento indimenticabile di comunione, i bambini andarono a giocare. Mentre erano intenti chi alle sue costruzioni, chi al suo puzzle e chi alle sue bambole, noi ascoltammo un po' di Mozart insieme a Lui fino a quando compresi che voleva restare un momento da solo con mia moglie, mi eclissai con discrezione. Da come li conoscevo tutti e due, avevano sicuramente parecchie cose da raccontarsi, non posso riferire quello che si sono detti per il semplice motivo che non ne so niente; un incontro con Dio è sempre un bellissimo mistero, un mistero che non si va a gridarlo sui tetti: lo si vive nel proprio intimo, come un amore; lo si custodisce dentro di sé, come un tesoro.

Il sole cominciava a scendere sull'orizzonte e si era levato un venticello leggero, i bambini insistettero perché Dio rimanesse con noi fino all'indomani, ma Dio disse che doveva andare. Si congedò da tutta la famiglia, diede un bacio a Pasqualina e a tutte le sue bambole, e lasciò che lo accompagnassi alla stazione dove prese il treno per Catanzaro. Quando arrivai a casa, mia moglie mi disse che aveva dimenticato la sua agenda. "Non ti sembra strano?" disse Pasqualina "ogni volta che viene da noi dimentica qualcosa!" Era proprio vero. Aveva già dimenticato un maglione, una sciarpa, un libro e un temperino. Dio era decisamente un eterno distratto. Doveva essere un poeta.

Epilogo

Alla stazione c'era una grande calma, come sempre la domenica di Pasqua, la vigilia e l'antivigilia, le linee urbane ed extraurbane della metropolitana avevano scaricato decine di migliaia di viaggiatori, che avevano invaso i marciapiedi della stazione ferroviaria.

L'Ente ferrovie aveva moltiplicato i treni straordinari per assorbire tutta quella folla, la grande ondata avrebbe invaso di nuovo la stazione il giorno dopo, al termine del «ponte» di Pasqua, quando tutti sarebbero tornati a casa, allora sarebbe stata di nuovo la ressa delle otto del mattino. Sceso dal treno, Dio entrò di nuovo in una cabina telefonica e compose il numero segreto che aveva tentato inutilmente di chiamare due giorni prima, questa volta la linea era libera. Dio chiese a Gabriele se poteva prolungare di un giorno o due il suo soggiorno sulla terra, gli rispose di no: «Non si poteva proprio fare a meno di Lui in paradiso: i nuovi venuti cominciavano a spazientirsi, volevano fare la sua conoscenza a tutti i costi, era stato promesso loro un incontro a tu per tu e lo esigevano; gli altri, quelli che da mesi, da anni, da secoli assaporavano goccia a goccia la loro eternità, cominciavano a trovare lungo il tempo in sua assenza; persino gli angeli erano nervosi». Dio si disse che ciò che è possibile all'uomo, e cioè prolungare qualche volta di un giorno o due un fine settimana o un viaggio è decisamente impossibile a Dio. Siccome Egli possiede il senso della responsabilità al massimo grado, disse al suo fedele Gabriele, che gli rende tanti servizi, che sarebbe rientrato senza indugio, potevano contarci e preparare come al solito il suo ritorno in paradiso. Sul treno espresso che lo portava a una stazione segreta, dove tutto era predisposto per la sua ascensione, Dio pensava a tutti coloro accanto ai quali era passato in quei giorni nella metropolitana; agli incontri che aveva fatto, a quello che aveva visto e sentito. Certe scene, certi avvenimenti della nostra vita quotidiana gli avevano ricordato la passione: la dolorosa passione che egli aveva vissuto durante un fine settimana come quello, aveva visto lacrime e sofferenze, aveva intuito pene e angosce negli sguardi e nei cuori, ma anche, fortunatamente, umili gioie e felicità profonda. Tutto questo, un giorno, sarebbe stato come un mazzo di fiori che ciascuno avrebbe avuto fra le mani entrando nell'eternità.

Un'eternità beata di cui ciascuno, allora, avrebbe conosciuto il segreto: dare quella parte di sé di cui gli altri hanno bisogno per essere tutti felici insieme, sempre!

INDICE

Finito di stampare nel mese di Dicembre 2018
per conto di Youcanprint *Self-Publishing*